翻開心裡
的回憶

再多不捨也要勇敢向前

Ring Ring

Ring Ring

cathie chen@art show

一路走來，無論是從半空中
慢慢著陸，
或者從陸面上緩緩升空，
喜與樂，苦與悲，
很多痛，很多淚，
我們用心去感受，去明白，
去接受變化；
一點一點的，將過去，
走成現在，期待未來，
我們，16 17，一路一起。

2016
郭雪陳

在第一本書《沒人像我一樣在乎你》出版後，還是持續經營著粉絲團，這過程中收到很多讀者的來信。

感謝能有這一本書陪伴著他們，在低落、無力、找不到希望的時候，Ring Ring 的文字總能給他們力量，這也堅定了 Ring Ring 要繼續寫下去的念頭，陪伴著每一個人找到開心的自己。

很多無法往前走的人，都是被過去的回憶困住，但現在的自己，卻也是過去的點滴所累積出來，與其讓回憶變成包袱，何不讓我們勇敢《翻開心裡的回憶》，當你能夠面對過去、看淡傷痛，才能帶著過去給的成長繼續往前。回憶不會遺忘，那就讓回憶變成人生很珍貴、獨特的部分，一段有勇氣翻閱的過去。

在悲傷難過的時候，總會需要一個支撐著的力量，就像 Ring Ring 的回憶裡有著凱西的陪伴，也希望未來你們回味起來，會想起 Ring Ring 的陪伴。

Ring Ring

CONTENTS ● ● ● ●

找到感情

老朋友一定要常聚
生活才會變得有趣

如果你們彼此珍惜，

再忙都要留個時間相聚。

如果你們彼此掛念，

再累都要找個時間相約。

撥個時間跟老朋友相聚，

用熟悉的語言分享現在的生活，

或許無法時常陪伴在彼此生活裡，

但不在彼此的人生裡缺席。

不要勉強自己一定要遠走
不如給自己一點時間放手

失去的當下很痛，

曾經走過的路不想經過，

曾經擁有的回憶不想觸碰，

只是不論逃得多遠，

心裡似乎仍隱隱作痛。

不要急著去遺忘，

因為真愛過就難忘。

給自己一點時間去療傷，

或長或短都無妨，

有一天，痛的感覺就會淡忘。

好明友不用多
不如找個願意聽你囉嗦

我們的心事無法跟太多人說，

我們的真面目不是每個人都能看透，

就算身旁能找的朋友許多，

能說出真心話的不會太多。

好朋友總是最珍貴的那幾個，

能用更真實的模樣去相處，

能說的話更天馬行空，

有時候甚至一個眼神就能懂。

能擁有這樣的朋友，

就算只有一個都很足夠。

不用害怕去認清一個人
這只說明了 我們沒有緣分

不論是朋友或是愛人，

曾經我們都如此親近，

卻因為些許誤會，

讓我們愈離愈遠。

曾經我們如此靠近，

選擇放手需要勇氣，

只是有些疙瘩在心裡，

相處就無法完全真心。

有些現實要勇敢面對，

生命中有些人，只是過客。

朋友間總有那麼一個是笨蛋
什麼事都願意默默為你承擔

人生中的朋友很多，

能要好的沒幾個，

但只要有幾個好的，

就很足夠了。

在所有的好朋友裡面，

總會有一個不會改變，

不管發生什麼事，他都在身邊，

不管做錯什麼事，他罵完還是會出現，

謝謝身邊一直有你這個笨蛋，

讓我也可以繼續當個長不大的小孩。

明友不用交很多
好的幾個就足夠

你是否羨慕過朋友很多的人？

你是否也想要剛認識就能聊上幾句？

只是朋友多，不一定都能是好朋友。

我們能付出的有限，

不可能朋友無上限。

我們的祕密無法跟太多人說，

所以只要有幾個願意聽就夠。

不需要羨慕誰朋友很多，

只需要在乎身邊一直都在的朋友，

能一起分享人生的點滴，

不需要有很多，只要能長久。

簡單一句你還有我
是最窩心的陪伴

不管遇到什麼困難，

謝謝你都在我身邊，

你總會對我說你還有我，

這就是我最堅強的後援。

有時候不需要説太多，

只需要你能夠在，

心就可以暖暖的。

謝謝你還在，

就是最窩心的陪伴。

或許我不是世界上最棒的人
但我努力成為你心中最可倚賴的人

兩個人相愛，

不是因為對方是最棒的，

因為世上沒有完美的人。

然而兩個人相愛，

是因為願意為彼此付出，

成為對方心中可以相信的人。

兩個人在一起，

除了身邊有個人陪，

更重要的就是

心裡有個伴。

生活難免有負面情緒
覺得煩就找個朋友聚

很多事無法開口告訴家人，

只能自己藏在心底成祕密，

這時候還好有朋友陪伴。

就算什麼話也不說，

只要陪在身邊，

總是能安撫內心的不安，

總是能帶來一些快樂，

讓情緒能夠恢復平靜。

不管什麼時候，

謝謝你總是在身邊。

給朋友一個抱抱

讓他知道有你真好

對自己總是少一點自信，

對自己總是多了點嚴厲，

當你為了自己的不足感到氣憤，

一定會有個人在你身邊給你鼓勵。

朋友總是能看見你的優點，

朋友總是能無條件的支持你，

無論如何都不要太氣餒，

要記得自己已經很棒。

開始敫開心的去愛一個人
做起事來都變得有熱忱

愛情有一種魔力，

像是無形的力氣，

支撐著我們前進，

因為心裡會牢記，

再忙再累都有人陪著你！

有了愛在身邊，

能勇敢去冒險，

堅定了自己的信念，

也相信未來會實現。

有時愈想忘記
回憶卻記得愈深

愈想忘記的回憶，

愈會不經意想起，

無法控制自己的思緒，

明白一切還沒有過去。

知道有一天會清醒，

回憶會隨之淡去，

不知道心情何時才能平靜，

只能用新的記憶慢慢治癒。

謝謝每個好朋友

讓不如意有了出口

有些事情不知道跟誰説，

辛好都有你在身後，

聽我説話讓我不再難過，

總能讓我自在宣洩，情緒有出口！

太多感謝盡在不言中，

因為有你們幫我止痛，

對於未來不再害怕惶恐，

讓所有惱人事情都想通。

明友有難

就是我出現的時候

因為忙碌不常聯絡，

不代表這段友誼變冷漠，

如果需要一定會說，

依舊是彼此最重要的寄託。

這種友誼不用多說，

也不需要開口拜託，

就會陪伴彼此，

直到朋友復原振作！

不是因為失去他　才要變好

而是因為沒了他　你變得更好

失去他不止痛，還有不甘心，

為何他如此快樂，我卻不開心，

想讓自己變好，證明失去他沒關係，

結果發現是自己放不下感情。

失去一個不愛你的人，

現在的你一定比當時更好，

只是你被回憶裡的美好套牢，

以為失去他，就再也找不到！

放下這段回憶，看看現在的自己，

你會發現你是因為自己而美好，不再因為他。

變成一個人需要習慣
變回兩個人需要勇敢

分開後花了些時間，

學著過一個人生活，

不再對過去留念，

偶爾寂寞，也都能振作。

現在想找個人寄託，

發現自己變得想很多，

不像從前一樣灑脫，

能先愛了再說。

一個人的自在變成習慣，

兩個人的生活會更需要勇敢。

沒人像我一樣在乎你

只因為我是這麼愛你

沒想過我會如此愛你，

但現在深深為你著迷，

你的一舉一動都在意，

想要一輩子和你一起。

怎樣算愛一個人找不到定義，

只知道我的人生因你而美麗，

希望你也能沒有懷疑，

陪伴彼此不離不棄。

有時候美好的過去
卻會左右了情緒

過去的美好不曾離去，
低落時總會竄入心裡，
原來當回憶無法繼續，
再想起只剩遺憾來襲。

上一秒開心，下一秒嘆息，
原來你仍影響著我的情緒，
不想再因為你而哭泣，
再美好都該讓它過去。

明友謝謝你的陪伴
讓我度過了這該死的背叛

以為我們會永遠，

結果你跟他遠走高飛，

痛苦在心中盤旋，

還好有朋友陪在身邊。

當愛情與自己絕緣，

更知道友情多麼珍貴，

謝謝你們在身邊，

讓我的生活不再脫軌。

走過那些不經意的傷害
才讓人懂了最真實的愛

不必怪那些傷害你的人，
因為他讓你知道誰真的愛你，
不必讓那些傷痛再加深，
因為前方還有更多值得珍惜。

沒有痛過的人生難認清，
傷痛是為了讓你看更明，
經歷傷痛才能讓你覺醒，
前進會遇到更美好的感情。

找到人生

世界上對你微笑的人很多

但對你假笑的人其實更多

很多人都戴著面具，

不要覺得為什麼不能真心，

因為信任本來就需要時間累積。

我們都無法在一瞬間就分辨真假，

或許眼前的人都是笑著談天說地，

又如何知道誰是真心誰又是假意。

我們自己不需要充滿心機，

但是學會保護自己是必須。

有時候你非常努力的做到一百分
討厭你的人還是會當你是一坨糞

人跟人之間能親近，
常常是因為氣息相近。
反之，有些人怎樣都無法接近，
因為他可能就是莫名的討厭你。

我們不可能讓所有人都喜歡，
因為每個人都有自己的主觀，
但我們可以讓愛我們的人幸福，
因為他們才知道你真正的模樣。

為了這些珍惜你的人努力，
那些視你為糞土的人你也毋須在意，
需要不斷告訴自己看淡一些事情，
但一定要記得，把你的心給愛你的人，
用你的好讓愛你的人微笑。

太多濫好人的好心被辜負了
而我們卻傻得去相信假好人

有時候你付出了真心，

對方卻不把你當一回事，

你的心在淌血，問了自己千百次，

忽然間想使壞，卻又遲遲無法狠下心。

到頭來，你學會的是拚命傻笑，

再難過，也只想保有真實自我，

寧願當個傻人，也堅持不做虛偽的人。

雨不會一直下
心情不會一直壞

人生總會有不順遂的時候，

一定會有壞情緒，

但不要責怪自己、也不要怨懟老天，

當一切跌到谷底，就代表一切開始要變好。

烏雲總會飄走，

壞運總會過去。

不被壞心情打倒，

才能夠發現烏雲後面的那道彩虹。

學著事情不要想太多
好心情會一起跟著多

很多時候，

不是事情本身很可怕，

而是想像得太可怕。

別老是說如果，

事情還沒面對就懼怕，

想像的如果比真相更讓人害怕，

那我們不是白白自己嚇自己？

遇到事情，與其胡思亂想嚇自己，

不如花點時間積極設法面對。

幸福就是當你一無所有時

還能珍惜一切所有

總看見別人擁有很多，

覺得自己少了很多。

總看不見自己有的，

覺得想要更多更多。

自己擁有的到底多不多，

在於心裡認知的多不多。

能夠知足，心就能滿足，

懂得珍惜，心就能擁有。

只要順其自然
人生其實可以活得很簡單

人生有很多事強求不來，
當你不斷追求不屬於你的一切，
你的人生又如何能快樂？
想要開心生活，先學著不強求。

很多事盡力之後，
就讓一切順其自然，
會是你的，你終能擁有，
不是你的，再努力都會從手中溜走。

接受屬於你的人生，
生活就會輕鬆許多。

人生其實沒什麼好失去
因為你一直不斷在失去

從前總是會因為失去而心痛，

痛久了發現原來必定會失去，

如何面對失去才是該學習的。

愛人離去後如何復原？

朋友離開該如何承受？

失去的時候如何放下？

理解失去是必定的，

慢慢的就能淡然以對。

忽然覺得好累
偶爾也想頹廢

我們都是平凡人，

不可能隨時電力滿滿，

有時候是身體的疲憊，

有時候心情上的無力。

當你累了，

不需要過度勉強自己，

偶爾的放鬆跟懈怠，

是一種必要的喘息。

找回愉快的心情，腳步才能重新輕盈，

偶爾頹廢也是一種奢侈的必要享受。

一個人生活看似簡單
卻不知道經歷多少孤單

一個人生活是需要學習的，

因為我們都害怕孤單。

害怕一個人吃飯、害怕一個人入眠，

害怕想找人陪的時候找不到半個人。

當你能自在的一個人，

代表你熬過了許多孤獨，

學會一個人的生活很好，

因為不管身旁有沒有伴，

你都能讓自己過得更好。

既然人生不能重來
就用好事將它覆蓋

人生最不可能實現的如果，

就是如果時間可以重來；

回憶已經無法擺脫，

再多想就變成折磨。

既然都知道人生不能回頭，

何必苦守著悲傷回憶不走，

把過去種種當作前奏，

主旋律還等著你演奏。

人生這首歌只能自己獨奏，

即使前奏無法灑脫，

主旋律還是能用快樂創作。

可以偶爾負面
但要學會轉念

再樂觀的人都有悲傷的時候，

偶爾負面不為過，

只是不能深陷其中，

以為這世界不需要自己。

悲傷要學會振作，

難過要能夠復活，

關鍵是你的憂愁，

是否能找到出口？

讓壞情緒不在生活裡逗留。

因為無法輕易的得到
才能真正的開始學到

得來不易才會覺得珍貴，

輕而易舉容易忘記體會。

難關重重的考驗，

才能讓潛力發揮。

不要抗拒有所挑戰，

因為那是一種訓練，

當你能擦乾淚水，

你才是真的學會。

人生不是一直妥協
而是要試著去解決

因為不想面對，

所以一直退，

以為妥協最乾脆，

結果現實不斷讓人崩潰。

人生的難題不會少，

不要以為妥協就能逃，

勇於面對才是根本之道，

解決了就不會一直被它追著跑。

人生要守住原則，

才不會過得毫無選擇。

簡單生活其實不簡單
學會勇敢積極去承擔

是否想過只要簡簡單單，

不過不進則退的挑戰，

卻讓過得簡單變得更不簡單。

簡單的生活需要勇敢，

面對困難都能承擔，

簡單的生活需要泰然，

面對小事不能敏感。

能夠忍受孤單，

對自己不為難，

才有可能過得簡單。

不要讓自己充滿心機
學會懂得時時去感激

現實的競爭壓力，

覺得善良被人欺，

充滿心機為了勝利，

結果卻與初衷背離。

慢慢努力必定艱辛，

但抵達終點才會讓人看得起！

人不要太過貪心，

對一路走來的點滴心存感激。

丟掉人生的指導手冊

事情或許看得更透澈

你我的人生都獨特，
不需要做出一樣的選擇，
即使有人告訴你該如何，
也得找出屬於你的對策。

有太多選擇需要抉擇，
不要依循世俗的準則，
誠實面對你內心的飢渴，
順從你的心人生才值得。

當你看得愈透澈，
你會感覺自己活得更夠味。

不要只記住別人的不好
這樣的生活會很煎熬

世界的模樣有壞也有好，

　　你接收到什麼訊號，

　　決定你生活的面貌。

　　眼中只看到不好，

　　生活要如何美妙？

　　當你選擇讓美好圍繞，

　　這樣的生活一定閃耀。

　　生活就像在尋寶，

　　關鍵看你往哪裡找。

很多想法跟感受是聽來的
所有刻苦銘心是體悟來的

不是自己走過的人生，
　能夠理解但難以體會，
　聽來的人生也是一種歷程，
但不能評斷別人做的對不對。

　自己走過才知道什麼滋味，
　　點點滴滴在心中翻騰，
　　或許過程流了許多淚，
　　卻也讓人生更加完整。

不用每件事都看得太嚴苛
人生就是一直不斷的選擇

不同時期的我們，

會做出不同的選擇，

不回頭看過去的抉擇，

那必定是當下最適合。

理解自己的心，

對自己人生的負責，

堅定自己的心，

做出每一次的選擇。

找到未來

我們可以夜裡偷哭
但出門後絕不能輸

長大後的社會很真實，

在人前你必須夠堅強，

即使心中的淚在狂飆，

卻要擺出笑容說沒事。

人前太多眼淚，

容易讓人覺得脆弱，

很多時候眼淚只能一個人的時候流。

走出房間門外，淚水要記得擦乾，

用實力證明自己，就不會被看輕，

每個活出自信的自己，都從不起眼開始！

去追才真的叫喜歡

去做才真的叫夢想

很喜歡一個人，

會希望他能待在身邊，

就算可能失敗都要勇敢追。

想擁有的夢想，

要用盡全力追尋，

就算可能失敗都要用力做。

真心想擁有的東西，

你會真正的有所行動，

就算會失去也決心放手一搏！

學著跟壓力相處
再煩的事都由你自主

不管現階段的身分是什麼，

每個身分都有相對應的壓力，

可能是自己給自己的，

也可能是別人給你的。

壓力從不曾在生活中消失，

當你越是抗拒，就會感覺越難呼吸，

當你試著接近，反而越能和平共處。

與其把壓力放在肩頭，壓得自己喘不過氣，

不如把壓力放在後頭，讓它用力推著你前進。

長大後才漸漸明白
很難再開心得像個小孩

小時候的我們，

簡單的事就能開心大笑，

一根棒棒糖就能心滿意足。

長大後的我們，

連微笑都好像有些奢侈，

不知道什麼才能讓人滿意。

能不能開心，是心態問題，

長大擁有的不比小時候少，

只是我們想要的卻更多了。

縮小你的欲望，

放大你的開心，

笑容會在你臉上重新綻放！

想做對一件事情時
有時得先做錯很多事

我們都努力的往前走，

心中卻也害怕是否走對，

但是我們手中沒有地圖，

會多繞幾條路是很正常的事。

要往對的方向走之前，

勢必會先走錯一些路，

直到你發現哪些路是錯的，

才知道對的路是在哪裡。

不要害怕走錯、犯錯，

而是要多走多看多想，

當你知道愈多的錯誤，

你就離對的道路愈近。

時間永遠不能讓遺憾倒轉
但努力可以讓你的人生翻轉

不要總是想著如果一切有如果，

就算能回頭，結果不一定不同。

心中的遺憾，讓你忘了當下的美好，

回不去的從前，困住你看不到未來。

人生的路還很長，

只是看你怎麼走，

如果你不想要停留在遺憾裡，

努力往前走真的可以看到

值得期待的以後。

原來寂寞需要品嘗
才不會覺得黑夜漫長

我們都會害怕一個人，

吃飯的時候要找人一起，

唸書的時候要找人一起，

做任何事的時候都不想一個人。

只是人生很多時刻必須一個人，

一個人面對困難，

一個人面對工作，

有很多一個人的時刻需要學習。

一個人其實沒有不好，

一個人才能很專心，

一個人才能很平靜……

換個方式感受寂寞，

寂寞就會變成享受。

遇到事情要學會冷靜
因為沒人會替你使勁

人生的挑戰很多，
常常讓人措手不及。
慌張的時刻很多，
但要試著學會冷靜以對。

冷靜的情緒才有清楚思緒，
別人說再多也要能夠過濾，
事情只有自己能夠決定，
不用奢望別人幫你搞定。

人生是由抉擇們組成的
決定只有自己下才會甘心

人生的不同階段，

都充滿了選擇題，

每選出一個答案，

人生就會往不同的方向去。

如果是你自己的課題，

不要放任不做選擇，

而留給別人幫你下決定，

結果是好的，那還真萬般慶幸！

結果是壞的，你會永遠不甘心。

自己的人生自己決定，

不論好壞，才能有動力前進。

突破是孤獨　成長是寂寞
記住還有一種信仰　以作前進

在突破的路上，

常常都是一個人，

因為這是你自己的人生。

在成長的過程，

幾乎都是自己過，

因為沒有人知道路還有多長。

雖然太多時候，

都找不到人同行，

但你心裡知道，

你的方向是前進。

新的開始

是突破的起頭

對於現況感到不滿，

就不要再糾纏，

人生沒有太多時間茫然，

起身去做沒有你想的難。

只要有開始就能追趕，

是對自己的挑戰，

也是對未來的承擔，

只要你能勇敢，未來必定燦爛。

雖然不順利讓人覺得累
但戰勝挫折更教人雀躍

面對考驗很難不疲憊，

因為崎嶇的路讓人挫敗連連，

選擇面對努力加倍，

戰勝之後看見未來變得耀眼。

勇敢去闖的過程一定起起伏伏，

挫折會讓心情跌入谷底，

戰勝就能讓你感受成就與滿足。

果實之所以甜美是因為你有付出，

想要擁有美好的未來，

現在的付出都不算苦。

每個明天
都會因為你的付出而改變

當你原地轉圈，明天就被局限，
當你勇往直前，明天就能轉變。

你要的未來是什麼模樣，
現在的你就必須想像，必須行動。
付山努力朝著目標前往，
未來才能跟想的一樣。

沒有付出，未來不會如願，
想要的明天等著你去改變！

展現堅定的態度
將壞事全部拆隊

經歷過現實的殘忍，

也曾走入絕望的困境，

沒人可以幫你振奮，

只能靠你自己堅定。

夠堅定，思緒才能夠清澈，

夠堅定，才有力氣去證明，

不到最後一刻不輕易放棄。

只要你能相信自己，

把憤怒低落化為動力，

壞事就阻擋不了你，

一定可以突破困境揚眉吐氣。

事情沒有永遠順利
但你可以保持努力

走向未來的路途上，

有些事情易如反掌，

有些卻也會走得跌跌撞撞，

能否走過就看你願不願意去闖。

只要你不變成逃犯，

沒有過不了的難關，

不要妄想有人幫你，

你的未來只能自己挑戰。

闖過每一關，功力更高強，

努力過後回頭看，會發現其實並不難。

遇見美好需歷經煎熬
千萬別一焦慮就想逃

你明明知道那是你想要，

雖然現在有點受不了，

只要熬過去一切都好，

讓夢想在心中撐腰，

才有力量對抗阻撓。

想想終點有多美好，

路途即使煎熬也不難熬，

看看未來能多閃耀，

過程即使焦躁也不逃跑。

過程必定是種消耗，

你需要堅持到最後一秒。

給自己多一點期待
才能迎向最佳狀態

你對未來的期待，

決定你生活的狀態。

如果你沒有期待，

容易生活得無精打采，

如果你充滿期待，

就會努力用色彩填滿生活。

無論如何未來就在前方，

你想要用什麼姿態過你的未來，

是想要過得憤慨？

還是舞出你的節拍！

堅持無須太多理由
只須一直努力加油

我們每天都不斷向前走，

這就是該堅持的理由，

時間走過就無法回頭來過，

怎能有太多藉口怠惰。

每個人的未來都不同，

努力越多將來越從容，

如果不想要未來變得沉重，

要從現在這一刻開始啟動。

請答應脆弱
你會開始勇敢

每個人都有脆弱的時候，

只是各有不同緣由，

因為脆弱需要出口，

才知道你勇敢得夠不夠。

脆弱也許永遠跟在背後，

但可以讓勇敢常伴左右，

即使軟弱，也不怕勇氣會溜走。

脆弱跟勇敢會陪你走過重要關頭，

記得讓勇敢走在脆弱前頭。

磨難是學習的重要旅程
卻有辦法帶你更上一層

享受快樂很容易，

但過程太順利會沒有免疫力，

面對磨難不放棄，

通過考驗就能充滿戰鬥力。

承受的壓力可以一次次練習，

一次次的考驗可以提升實力，

能承擔的責任就大過於別人。

付出的努力可以累積，

成績是一點一滴慢慢完成，

能挑戰的任務就愈來愈高。

磨難是學習必要的旅程，

也是實力累積的最大支撐。

找到自己

我需要一點眼淚
才不會覺得好累

以為堅強就是不流一滴淚，
任壞情緒在心中恣意蔓延，
無處宣洩讓自己覺得好累。

夜深人靜流下眼淚，
才知道這是種宣洩。
哭泣不代表你不堅強，
不逞強才有力氣面對。

好強只是偽裝
堅強才是力量

因為好強，所以什麼事都自己扛，

因為好強，所以無論輸贏不肯放。

好強變成了一種偽裝，

習慣在別人眼中維持形象。

扛不住的時候找人幫忙，

輸了的時候不因此沮喪，

堅強不是好強，更不是逞強，

唯有真正的堅強才能帶給你力量，

讓你坦然面對人生的高低起落和無常。

不要看著別人的狀態

卻影響了自己的心態

別人分享了快樂，

你以為他無憂無慮。

別人分享了玩樂，

你覺得他生活愜意。

其實每個人都有自己的難處，

只是壞的事情大家都放心底，

不需要羨慕，而是要好好生活，

生活的美好決定在你

如何自己創造。

你不是沒人在乎

你只是過於在乎

情緒低落的時候，

容易覺得孤單寂寞，

覺得全世界只剩下你一個，

沒人關心，也沒有人懂。

結果是你自己沒有說，

結果是你自己說沒事。

別以為別人都能發現你的偽裝，

但是只要你肯說，身旁一定會有人懂。

太過在乎別人的感受

卻忘了自己也正在承受

因為害怕別人討厭你，

所以太在乎他的感受；

因為擔心好像不合群，

所以看太重他的心情。

我們不可能滿足每個人，

只能把心留給懂你的人，

可以當個體貼別人的你，

但絕對不是不顧慮自己。

在自己能理解的程度去諒解，

而不是無上限的逼自己全盤接收。

有時候會覺得自己好孤獨
做事情心情糟得一塌糊塗

總有一些時刻，覺得自己孤單寂寞，

總有一些時刻，覺得自己力不從心。

有這樣的情緒是人之常情，

人生很多時候都會感到不順心，

如何能在不順心的時候保持平靜，

大概是我們一輩子要學習的課題。

不要逃避這些感受，

愈是逃避愈是頻繁的攻擊。

試著迎向這些感受，

當它出現的時候能夠勇敢出擊，

這樣就愈來愈不怕壞情緒襲擊。

不會有人真正懂得你的感受
因為只有你會一直走到最後

這世上沒有真正的感同身受，

因為只有當事人才清楚所有的感受，

或許他們能在身邊陪伴著你，

但真正一路走到底的只有你自己而已。

想要擺脫不好的感受，

沒有人可以真的幫得上忙，

只有你自己勇敢面對，

有一天才能真的走過。

人生路上喜怒哀樂都會有，

開心能給你滿滿的力量，

難過會帶來驚人的成長，

不去逃避人生的各種滋味，

你比想像中的更堅強。

每個人都是獨立的個體
請不要把我看成你自己

有一種錯，我們都會犯，
覺得我做得到你就該這麼做，
覺得我不會錯你就不該犯錯。

有沒有想過，

其實你我並不同，

人生經歷的不同，

思考方式的不同，

能夠承受跟接受的也不同。

．

不要用一樣的標準要求別人，

學會尊重每個人的差異，

才是對待人最好的方式。

開心的做自己
因為沒人可以取代你

我們想成為大家都喜歡的人，

結果發現大家喜歡的都不同，

當你愈想要滿足所有的人，

就可能會換來更多的不滿。

我們無法滿足所有的人，

但我們可以吸引跟自己氣味相同的人，

當你開心的做好你自己，

喜歡你的人就會自然而然靠近，

這些人才是你真正該去在乎的。

我們都不是完美的人，

但我們都是唯一。

別因為只吃了一點點苦
就讓自己落得狼狽失措

壓力比能承受的多一些，
就覺得快要被現實壓垮。
負擔比能接受的多一些，
就覺得人生已不再快樂。

總覺得自己是最苦的那一個，
殊不知總是會有人比自己苦，
不是要你去比較誰過得比較得苦，
而是學著讓自己吃點苦，
才能嘗出人生什麼是甘甜。

為自己而戰
讓一切值得越變越讚

人生會遇到的選擇很多，

每個決定都影響著未來，

你的抉擇是否發自內心？

還是會受別人的想法左右？

人生最終是自己在過，

做自己的決定，為自己振作，

不管結果如何都會快樂，

一路走來都是順著自己的心去揮霍。

接受自己的不完美
再也不恼自己的眼泪

不去要求自己一百分，

因為我們是人不是神，

不完美才會能勤奮，

可以努力讓缺點變成養分。

即使因為挫折而落淚，

都知道自己不會被擊退，

多想看看自己優點多一點，

不必自卑不完美，

它讓我們嘗到進步的滋味。

開心 從傻笑開始練習

長大之後好像開心變少，

又或者其實是苦擾太多，

讓你失去心思尋找笑容，

讓你常常陷入低潮。

如果想要找回快樂的自己，

先試著練習，

讓自己傻笑的像個孩子，

回想小時候開心笑的樣子。

人生一定有好有壞，

你可以決定從哪個角度去看待。

花點時間證明你可以

別老花時間向別人證明你自己

能力需要時間累積，

夢想需要時間證明，

或許過程總是沉寂，

用自己的步調去走，

不要擔心別人看不起。

當你一次次突破瓶頸，

就證明你可以，

不去依賴別人肯定，

讓時間和實力證明自己。

別讓自己失去耐心
所有事情都值得你用心

所有大事都是小事的演進，

不管事情多麼無聊，

其中必定有它的重要性，

懂得讓重複的事做得更有效率，

那才真的代表你有本事。

面對小事也能用心，

遇到大事才有辦法冷靜，

細心對待大小事，

證明你能夠讓人放心。

就算有再多的不滿意

也得感謝現在的自己

現在的你是過去的累積，

　或許你還不夠滿意，

　與其攻擊不如更加積極，

　　未來的你必定升級。

面對難題選擇逃避很容易，

戰勝難題對自己不再懷疑，

　謝謝你，不曾放棄自己，

　偶爾失落也能再站起來。

給自己十個否定的理由
倒不如做個突破的英雄

當你的內心在動搖，

就會找到理由逃跑，

機會錯過不再有，

即便後悔也無法回頭。

放棄的理由很容易找，

就看機會你敢不敢要，

只有你能為自己戰鬥，

不要讓自己在原地逗留。

為自己的人生燃燒，

和膽小來一場決鬥！

面對自己的不好
改變才能提早

我們都不完美，

所以能夠更美，

儘早知道自己的缺點，

才有充分時間去改變。

人生的路很長，

經歷會讓人成長，

不斷改善自己的缺點，

不是只會無謂的對自己不滿，

未來必定能夠成為別人的模範。

訴苦不是因為怕苦
而是不想六神無主

當你太習慣說不，

就會變成一個懦夫，

面對挑戰只能卻步，

對於未來就得不斷探路。

時間消失得飛速，

機會也不斷流逝。

自己都不追求進步，

那你的世界會是靜止，

讓你會更害怕面對現實，

你就會一直是老樣子。

自己一個人走的時候，

何不試著放慢你的腳步，

翻開那些塵封已久的回憶，

找找為何變成現在的自己……

喝咖啡

咖啡越喝越不苦

我想是因為忍受力又增加了

翻開心裡的回憶

作　　者／RingRing
封面設計／申朗創意
企畫選書人／廖可筠

總　編　輯／賈俊國
副總編輯／蘇士尹
行銷企畫／張莉滎・廖可筠

發　行　人／何飛鵬
出　　　版／布克文化出版事業部
　　　　　　台北市中山區民生東路二段 141 號 8 樓
　　　　　　電話：(02)2500-7008　傳真：(02)2502-7676
　　　　　　Email：sbooker.service@cite.com.tw
發　　　行／英屬蓋曼群島商家庭傳媒股份有限公司城邦分公司
　　　　　　台北市中山區民生東路二段 141 號 2 樓
　　　　　　書蟲客服服務專線：(02)2500-7718；2500-7719
　　　　　　24 小時傳真專線：(02)2500-1990；2500-1991
　　　　　　劃撥帳號：19863813；戶名：書蟲股份有限公司
　　　　　　讀者服務信箱：service@readingclub.com.tw
香港發行所／城邦（香港）出版集團有限公司
　　　　　　香港灣仔駱克道 193 號東超商業中心 1 樓
　　　　　　電話：+852-2508-6231　傳真：+852-2578-9337
　　　　　　Email：hkcite@biznetvigator.com
馬新發行所／城邦（馬新）出版集團 Cité (M) Sdn. Bhd.
　　　　　　41, Jalan Radin Anum, Bandar Baru Sri Petaling,
　　　　　　57000 Kuala Lumpur, Malaysia
　　　　　　電話：+603- 9057-8822　　傳真：+603- 9057-6622
　　　　　　Email：cite@cite.com.my
印　　　刷／卡樂彩色製版印刷有限公司
初　　　版／2016 年（民 105）02 月
售　　　價／280 元

城邦讀書花園　布克文化
www.cite.com.tw　www.sbooker.com.tw